LES
MÉLANGES LIRIQUES,
BALLET-HÉROÏQUE,
COMPÔSÉ DE L'ACTE D'*ISMENE*,
ET DE CELUI DE *ZÉLINDOR*,
ROI DES SILPHES;
REPRÉSENTÉS
PAR L'ACADEMIE-ROYALE
DE MUSIQUE,
Le Mardi 11 Mai 1773.

PRIX XXX. SOLS.

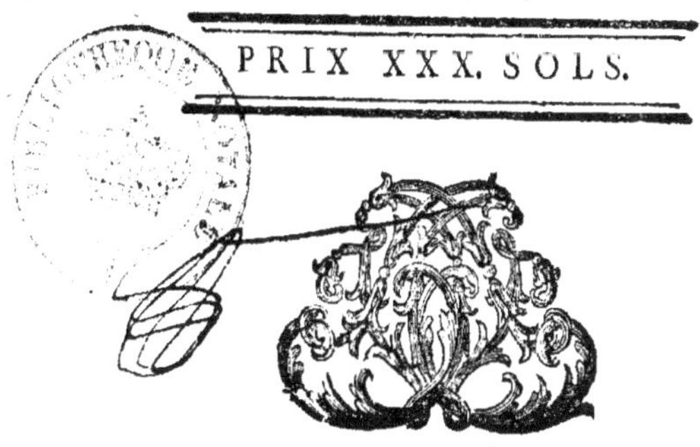

AUX DÉPENS DE L'ACADÉMIE.

A PARIS, Chés DELORMEL, Imprimeur de ladite Académie, rue du Foin, à l'Image Sainte Genevieve.

On trouvera des Exemplaires du Poeme à la Salle de l'Opera.

M. DCC. LXXIII.

AVEC APPROBATION ET PRIVILEGE DU ROI.

Les Poemes sont de MONCRIF.

La Musique est de M. M. REBEL & FRANCŒUR, Chevaliers de l'Ordre du ROI & Surintendants de la Musique de SA MAJESTÉ.

ACTEURS CHANTANS.

ISMENE, *nimphe*, Mde. l'Arrivée.
DAPHNIS, *berger*, M. l'Arrivée.
CLOÉ, *nimphe*, Mlle. Rosalie.
CHŒUR *de* BERGERS & *de* BERGERES.
TROUPE *de* FAUNES & *de* PASTRES.

PERSONNAGES DANSANTS.

PREMIER DIVERTISSEMENT.

BERGERS & BERGERES.

M. GARDEL, Mlle. GUIMARD.
Mrs. Giroust, Simonin, c.
Mlles. Julie, Cléophile.
Mrs. Giguet, Liesse, Guillet, des Bordes, du Pré, Pladix.
Mlles. Isoire, Auberte, Adrienne, St. Ouen, des Gravières, Tressan.

SECOND DIVERTISSEMENT.

FAUNES & DRYADES.

M. GARDEL.
Mrs. Beaulieu, le Fevre, Rivet, Huart.
Mlles. Martin, Jonveau, Adeline, du Bois.

PASTRES.

M. D'AUBERVAL, Mlle. ALLARD.
Mrs. la Rue, le Doux, le Roi, l., l'Argillière.
Mlles. Henriette, le Vrai, Augé, de Laistre.

ISMENE,

Le théâtre repréſente un bocage. On voit, au fond, la ſtatue du dieu Pan, &, dans l'un des côtés, un temple.

SCÈNE PREMIÈRE.

DAPHNIS, *ſeul.*

ZÉPHIRS, aimables fleurs, & vous, claire
fontaine,
Vous m'avés vu cent fois ſuivre les pas d'Iſmene;
Apprenés lui mes feux, qu'ils puiſſent la toucher:
Daphnis, dût-il nourrir une tendreſſe vaine,
Au penchant de ſon cœur ne veut point s'arracher.

Viens, vole, Amour, parle toi-même;
Fais trïompher l'ardeur dont je ſuis enflâmé:
Si je ne puis me croire aimé,
Je ne dirai jamais que j'aime.
Viens, vole, Amour, parle toi-même;
Fais trïompher l'ardeur dont je ſuis enflâmé.
Mais je ſens que le dieu m'éclaire...
A la beauté la plus ſevere,
Par un détour ingénïeux,
On peut peindre & voiler ſes feux;
C'eſt, à la fois, s'expliquer & ſe taire.
Iſmene vient; Amour! favoriſe mes ſoins:
J'attendrai le moment de la voir ſans témoins.

SCÊNE II.

ISMENE, CLOÉ, BERGERS & BERGERES.

CLOÉ.

VOTRE félicité, belle Iſmene, m'eſt chere;
J'aime à voir qu'en ces lieux tout s'emprèſſe à vous plaire.
Dans les jeux que, pour vous, on prend ſoin de former
Vos talents enchanteurs vous ſont mille conquêtes:

Ce fut pour couronner votre art de tout charmer
Que l'Amour inventa nos fêtes.
Veut-on offrir, au plus aimable objet,
Les premiers dons que le printems ramene ?
La bergere la plus vaine,
Malgré ſoi, dit en ſecret :
Ah ! ce prix eſt pour Iſmene.
Mais nos jeux en ce jour ne peuvent vous flatter ?

ISMENE.

Jadis, le dieu des bois, dans ce lieu ſolitaire,
Du deſtin des amants dévoiloit le miſtere ;
J'ai beſoin de le conſulter.

CLOÉ.

Eh par quel miracle,
Ce divin oracle,
Rendroit-il votre ſort plus doux ?

LE *CHŒUR.*

Qui vous voit vous adore ;
Vous nous enchantés tous.
Peut-on former des vœux encore,
Quand on eſt belle comme vous ?

CLOÉ.

Qui vous voit, &c.

LE CHŒUR.

Qui vous voit, &c.

CLOÉ.

Le même jour ramene parmi nous,
La fête d'Ismene & de Flore.
Qui vous voit, &c.

LE CHŒUR.

Qui vous voit, &c.

CLOÉ.

Nos demi-dieux, avec un soin jaloux,
Ont placé votre image au temple de l'Aurore.

LE CHŒUR.

Qui vous voit, &c.

CLOÉ.

Peut-on former des vœux encore
Quand on est belle comme vous?

LE CHŒUR.

Qui vous voit vous adore,
Vous nous enchantés tous.

(*On danse.*)

ISMENE.

ISMENE.

Dieu des âmes,
Quand tes flâmes
En secret règnent sur nous,
Quel martire,
Pour détruire
Un enchantement si doux!
On soûpire,
On veut lire,
Dans le cœur de son amant :
Tant de peine
Ne nous mene
Qu'à l'aimer plus tendrement.

(*On danse.*)

CLOÉ.

Vous voulés en ces lieux former des vœux secrèts?
Nous reviendrons bientôt célebrer le succès.

SCÈNE III.

ÏSMENE, seule.

O vous! qui nous fites entendre
De l'obscur avenir l'inévitable loi;
A Daphnis, en secret, j'ai destiné ma foi;
Dites-moi si son cœur est tendre;

Mais gardés-vous de me l'apprendre
Si c'eſt pour une autre que moi :

Quelque route que je prenne
Je le rencontre au matin ;
S'il eſt des fleurs dans la plaine,
Il en ſeme mon chemin :
L'air qui me plaît davantage,
Aux échos de ce bocage
Il le chante tout le jour ;
Mais Daphnis, regret extrême !
Ne m'a point dit je vous aime :
Non, Daphnis n'a point d'amour.

A la fête de l'Aurore
Je quittai bien-tôt les jeux :
Il danſa, dit-on, encore ;
Mais l'ennui peint dans les yeux :
Il ſuivit bien-tôt mes traces ;
Je fus au temple des Grâces,
Il parut dans le moment.
Mais Daphnis, ſurpriſe extrême !
Ne me dit point je vous aime.
Non, Daphnis n'eſt point amant.

On vient. Ah! c'eſt lui-même.

SCÊNE IV.

ISMENE, DAPHNIS.

ISMENE.

QUel deſſein vous attire en ce bois écarté?

DAPHNIS.

J'y viens rêver en liberté.

ISMENE.

Vous! rêver?

DAPHNIS.

Je formois d'agréables chimeres:
C'eſt ma ſeule félicité.

ISMENE.

Quoi! des erreurs vous ſont elles ſi cheres?
Votre bonheur ſera peu de jaloux;
Comment peut-on céder au charme des menſonges?
C'eſt fuir des biens cent fois plus doux,
Pour s'égarer avec les ſonges.
L'erreur qui ſéduit
Aiſément s'envole;
Le réveil détruit
Un bien ſi frivole.
Votre bonheur, &c.

DAPHNIS.

J'imaginois une beauté
Par un jeune berger ſuivie :
Liſis.... c'eſt le berger, la nimphe, c'eſt Zélie.
Mais quoi, ce récit inventé
Peut-être déja vous ennuie ?

ISMENE.

La peinture des tourments,
Ou du bonheur des amants,
N'eſt jamais indifferente :
Sont-ils dans l'attente
D'un deſtin heureux ?
Avec eux,
On s'impatïente.
Oui, vous m'intéreſſés, Daphnis :
Parlés... Hé bien, Liſis ?...

DAPHNIS.

Aux accords d'une lire,
Liſis joignoit ſa voix ; &, par les plus beaux ſons,
Des charmes de Zélie il célebroit l'empire.

ISMENE.

N'auriés-vous point retenu ſes chanſons ?

DAPNIS.

Sans peine je puis les redire.

Traçons d'une Vénus nouvelle
L'heureux tableau :
A mesure qu'il est fidele,
Il est plus beau :
Quand il enchante, on ne peut craindre
Qu'il soit flatté ;
A peine l'art va jusqu'à peindre
La vérité.

ISMENE.

Il cessa de chanter ? Ah, Daphnis, quel dommage !

DAPHNIS.

Si la chanson vous plaît, il chanta davantage.

Celui qui, bravant l'esclavage,
A pu la voir ;
Contre un autre écueil fait nauffrage,
Sans le prévoir :
Au doux penchant qui nous attire
En l'écoutant,
On croit seulement qu'on admire ;
On est amant.

ISMENE.

Le portrait est charmant.... Consentés je vous prie
Que la nimphe l'ait entendu.

DAPHNIS.

Sans doute, le berger avoit joint sa Zélie.

ISMENE.

Je crois imaginer ce qu'elle a répondu.
» Quand il feroit fincere,
» Ce portrait enchanteur;
» D'une fidele ardeur
» Cette preuve eft légere.
Ah! demandés à plus d'une bergere,
Un éloge flatteur
Eft moins fouvent le langage du cœur,
Qu'un art trompeur de plaire.

DAPHNIS.

» Non, s'écria Lifis, quelle injuftice, o dieux!
» Quand c'eft vous qu'on adore;
» Ne peut-on vanter ces beaux yeux,
» Et tout l'amour qu'ils font éclore?
» Quand c'eft vous qu'on adore,
» L'amant qui l'exprime le mieux,
» Le fent mille fois mieux encore.
» Mais Lifis connoît trop qu'il doit fuir vos attraits.

ISMENE.

Lifis fuiroit Zélie? Hé! quel dépit l'infpire?

DAPHNIS.

Il prouve fon amour par mille foins difcrèts;
En douter, c'eft lui dire:
Je ne vous aimerai jamais...

Vous n'imaginés plus ce que la nimphe pense ?

ISMENE.

Je la crois interdite... & consultant son cœur.

DAPHNIS.

Et ce cœur, il n'a donc que de l'indifference?

ISMENE.

Peut-être du berger il accuse l'erreur.

DAPHNIS.

Quoi? l'erreur! Que ce mot pour Lisis a de charmes!
Un espoir enchanteur adoucit ses allarmes.

(*DAPHNIS aux genoux d'ISMENE*).

Il tombe à ses genoux. Ah! connoissés mes feux...

(*Les bergers paroîssent*).

Ciel! on vient.

ISMENE.

Achevés.

DAPHNIS.

On annonça des jeux:
Lisis, désespéré, fut contraint de se taire...
Hé, que pensoit Zélie en ce moment fâcheux?

ISMENE.

Elle partageoit sa colere.

(*On danse*).

SCÊNE V.

ISMENE, DAPHNIS, CLOÉ, BERGERS, BERGERES, FAUNES & PASTRES.

CLOÉ.

L'Oracle a-t-il parlé ! Sans doute dans ce jour
Le destin à vos vœux n'oppôse point d'obstacles ?

ISMENE.

Je n'ai consulté que l'Amour
C'est le plus charmant des oracles.
Daphnis, je vous choisis, vous êtes mon vainqueur.
Mais que dis-je, choisir ? j'obéis à mon cœur ;
Oui, Daphnis, je vous aime.

DAPHNIS.

Aveu charmant ! félicité suprême :
Un seul mot a rempli les vœux que je formois.

ISMENE.

Depuis long-tems je vous aimois.

DAPHNIS.

Dans votre cœur je n'ôsois lire.

ISMENE.

ISMENE.

Depuis long-tems je vous aimois,
Qu'il me tardoit de vous le dire!

ENSEMBLE.

Du tendre Amour j'ignorois le pouvoir:
Ce dieu trïomphe dans mon âme.
Ah! que j'aime à vous devoir
Le doux tranſport qui m'enflâme.

(*On danſe.*)

LE CHŒUR.

Que tout chante
Dans ces lieux.
Iſmene eſt charmante;
Daphnis eſt heureux.

(*On danſe.*)

DAPHNIS.

Vous, qui voulés charmer
Voici tout le miſtere:
Songés moins à plaire,
Qu'à bien aimer.
Amant
D'un objet charmant,
Sa ſeule préſence
Payoit mon tourment.

Perdant, avec constance,
Les soins que j'offrois,
Du moins je l'adorois.

Vous, qui voulés charmer, &c.
Belle Ismene,
Quelle chaîne!
Sort plein d'attraits!
Heureux désormais
Nos jours vont coûler en paix.
Vous, qui voulés charmer
Voici tout le mistere :
Songés moins à plaire
Qu'à bien aimer.

ISMENE seule, & ensuite avec le CHŒUR.

Règne, Himen; dieu charmant, trïomphe de nos âmes.
Quand sous tes loix l'Amour unit deux cœurs,
Ta chaîne est un tissu de fleurs :
Le plaisir à ta voix vient couronner nos flâmes.
Nos moments les plus doux sont dûs à tes faveurs.

(Un divertissement géneral termine cet Acte.)

ZÉLINDOR,

ROI DES SILPHES.

ACTEURS.

ZÉLINDOR, *roi des silphes*,	M. le Gros.
ZIRPHÉ, *mortelle, aimée de* ZÉLINDOR,	Mlle. Arnould.
ZULIM, *silphe, confident de* ZÉLINDOR,	M. Durand.
CHŒUR DE NIMPHES.	
UNE NIMPHE,	Mlle. Rosalie.
CHŒUR DE GÉNIES ÉLÉMENTAIRES.	
SILPHES, GNOMES, ONDINS, SALAMANDRES.	
UNE SILPHIDE,	Mlle. Rosalie.

PERSONNAGES DANSANTS.

PREMIER DIVERTISSEMENT.

NIMPHES.

Mlle. GUIMARD.

Mlles. JULIE, CLÉOPHILE.

Mlles. d'Auvilliers, Gertrude, du Mont, des Haies, St. Ouen, Lolotte, le Bel, Jude.

SECOND DIVERTISSEMENT.

GÉNIES ÉLÉMENTAIRES.

SILPHES ET SILPHIDES.

M. VESTRIS.

Mlle. ASSELIN.

Mlles. d'Elfevre, Martin, Adeline, Jonveau. du Bois, St. Ouen.

GNOMES.

M. SIMONIN.

M[rs]. du Bois, Lieffe, des Bordes, Hennequin, l., Aubri, Pladix.

NIMPHES DES EAUX.

Mlle. LE CLERC.

Mlles. le Houx, Murès, Adrienne, Felmé, des Gravières, du Bauchet.

SALAMANDRES.

M. D'AUBERVAL.

M[rs]. Beaulieu, le Fevre, Abraham, Rivet, Huart, du Chaifne.

ZÉLINDOR, ROI DES SILPHES.

Le théatre repréſente une campagne ornée d'arbres, de gâſons, de fleurs & ſemées, en quelques endroits, de rochers. On voit deſcendre deux ſilphes, portés ſur des nuages d'azur & de lumière; l'un des ſilphes tient un ſceptre.

SCÈNE PREMIÈRE.

ZÉLINDOR, ZULIM.

ZULIM.

UN ſouverain génie adore une mortelle!
Quoi! vous, ſilphe enchanteur, qui régnés dans les airs,
Vous n'êtes point flatté d'avoir donné des fers
A la ſilphide la plus belle?

ZÉLINDOR.

Hé ! comment ne pas m'enflâmer
Pour l'aimable objet qui m'enchante ?

Une ſilphide ſait aimer,
Mais une mortelle eſt charmante.

Hé ! comment ne pas m'enflâmer
Pour l'aimable objet qui m'enchante ?

Oui, la jeune Zirphé m'a fixé dans ces lieux :
Par mille enchantements, mon art ingénïeux
Prévient ſes vœux, l'étonne & l'amuſe ſans-cèſſe :
Cent fois, pendant les nuits,
Les ſonges, que j'inſtruis,
Lui peignent mon image, annoncent ma tendreſſe.
J'ai ſoin qu'à ſa félicité
Tout conſpire dans la nature ;
Cherche-t-elle ſes traits au ſein d'une onde pure ?
Elle y voit les amours couronner ſa beauté.

Ce matin encore,
Portant ſur ce gâſon ſes regards enchanteurs,
Elle liſoit ces mots, formés par mille fleurs :

Zirphé, qui vous voit vous adore.

ZULIM.

ZULIM.

On ſait que vous aimés ;
Annoncés vous-même
Les vœux que vous formés :
On ſait que vous aimés ;
Croyés qu'on vous aime.

ZÉLINDOR.

Laîſſe-moi m'armer conſtamment
Contre une flatteuſe chimere ;
On ne croit que trop aiſément
Poſſeder le talent de plaire.

ZULIM.

Eſt-ce à vous de craindre en aimant ?

Hé ! que faut-il encore
Pour être heureux amant ?

Vous êtes roi, jeune & charmant ;
Et vous doutés qu'on vous adore !

Vous êtes roi, jeune & charmant ;

Hé ! que faut-il enco r
Pour être heureux amant ?

ZÉLINDOR.

Connois le cœur d'une mortelle:
Toûjours sensible, & rarement fidele,
A de nouveaux plaisirs il se laisse emporter.

Comme un zéphir, qui caresse
Une fleur, sans s'arrêter,
Une volage maitresse,
S'emprèsse de nous quitter,
Comme un zéphir, qui caresse
Une fleur, sans s'arrêter.

Dans le cœur de Zirphé, par un art infaillible,
Je vais découvrir en ce jour
Si c'est l'orgueil de plaire, ou le plus tendre amour,
Qui la fait paroître sensible.

Mais elle porte ici ses pas;
Contemplons ses beaux yeux, qui ne me verront pas:
Ce sceptre, que je tiens, va me rendre invisible.

(ZÉLINDOR *touche* ZULIM *de son sceptre ;* ZULIM *devient invisible pour* ZIRPHÉ, *& reste sur la scène, avec* ZÉLINDOR.)

SCÊNE II

ZIRPHÉ, ZÉLINDOR, *ſans être apperçu de* ZIRPHÉ, *& s'occupant toûjours d'elle.*

ZIRPHÉ.

POurquoi me refuſer le plaiſir de vous v(
Cher enchanteur, volés, rempliſſés mon eſpoir!

Dieux! à mon trouble extrême
Puis-je m'accoutumer?
Quoi, j'aime autant qu'on peut aimer,
Et je n'ai point vu ce que j'aime!

Pourquoi me refuſer le plaiſir de vous voir?
Cher enchanteur, volés, rempliſſés mon eſpoir!

Si j'en crois mon impatïence,
Si j'en crois de mon cœur l'heureux preſſentiment,
Votre plus doux enchantement
Doit naître de votre préſence.

Pourquoi me refuſer le plaiſir de vous voir?
Cher enchanteur, volés, rempliſſés mon eſpoir!

Un ſonge, cette nuit, me traçoit votre image :
Vous paroiſſiés charmant : vous traverſiés les airs.
J'entendois d'aimables concerts
Éclater à votre pâſſage :
Des arbres, des rochers, en nimphes transformés,
Par des jeux me rendoient hommage :
Ah ! ſi de ces objèts mes ſens étoient charmés,
Croyés...

ZÉLINDOR, ſans être vu de ZIRPHÉ.

Belle Zirphé, que ce qui peut vous plaire,
Pour vous jamais ne ſoit un bien trompeur ;
Qu'une chimere
Qui vous eſt chere,
Au même inſtant, cèſſe d'être une erreur.

Songes, qui flattiés ce que j'aime,
Devenés une vérité.

(Les arbres & les rochers ſont changés ſucceſſivement en nimphes, qui avancent, en danſant, du côté où eſt ZIRPHÉ.)

SCÊNE III.

ZIRPHÉ, ZÉLINDOR, NIMPHES.

ZIRPHÉ.

QUe vois-je ? Non, malgré votre pouvoir suprême,
Si vous ne vous offrés vous-même,
Non, vous ne faites rien pour ma félicité.

(*On danse.*)

CHŒUR DE *NIMPHES*, *à* ZIRPHÉ.

Il faut que tout seconde,
Ou prévienne vos vœux:
Le plus aimable objet du monde
Doit être encor le plus heureux.

(*On danse.*)

UNE *NIMPHE*.

Sur vos pas, par quel charme admirable
Les plaisirs viennent se rassembler ?
Près de vous, tout devient aimable,
Tout s'emprèsse à vous ressembler.
Régnés, au gré de votre envie ;

Voyés trïompher vos desirs :
N'ayés d'autre soin dans la vie,
Que d'imaginer des plaisirs.

Sur vos pas, par quel charme admirable
Les plaisirs viennent se rassembler ?
Près de vous, tout devient aimable
Tout s'emprèsse à vous ressembler.

(*On danse.*)

ZIRPHÉ, *interrompant les danses des* NIMPHES.

C'en est assés.

(*Les* NIMPHES *se retirent en dansant, & marquent, par des attitudes, leur regret de quitter* ZIRPHÉ.)

Ah ! paroîssés enfin,
Venés, cher enchanteur... Je vous appelle en vain!...

Vous trïomphés de l'amour qui m'enflâme ;
Charmer est votre seul plaisir :
Non, vous n'aimés qu'à tourmenter une âme,
Et vous ne pouviés mieux choisir.

ZÉLINDOR, toûjours invisible pour ZIRPHÉ.

Ah ! jugés mieux d'un cœur qui vous adore,
Et n'accusés que vous, si je me cache encore.
Je règne dans s leairs sur des peuples charmants :

Si vous êtes ſenſible à l'ardeur qui m'inſpire,
Vous pouvés, dès ce jour, partager mon empire;
Vous pouvés poſſéder l'art des enchantements:
Mais, malgré ce bonheur que je vous fais connoître,
Dès que vous pourrés ſavoir
A quel prix le deſtin me permet de paroître;
Aimable Zirphé, peut-être,
Vous ne voudrés plus me voir?

ZIRPHÉ.

Quelle injuſtice extrême!
Le plaiſir de voir ce qu'on aime
Récompenſe, cent fois, de ce qu'il doit coûter:
Déclarés ce ſecret: qui peut vous arrêter?

ZÉLINDOR, toûjours inviſible pour ZIRPHÉ.

Hé bien, il faut céder à votre impatïence.
A vos regards dès que je m'offrirai,
Si pour moi votre cœur eſt dans l'indifference,
Ordonnés mon exil; hélas! j'obéirai:
Plus heureux, ſi l'himen nous unit l'un à l'autre;
Mon ſort ſera charmant! mais apprenés le vôtre.
Vos yeux, ces yeux ſi beaux, en redoublant mes fers,
Perdront ſur tous les cœurs leur empire ordinaire;
Je ſerai dans tout l'univers
Le ſeul amant à qui vous pourrés plaire.
Parlés....

ZIRPHÉ.

Oui, j'y consens, je le veux; paroissés.

(*Elle apperçoit le génie, qui a jetté son sceptre, qui tombe à ses genoux.*)

Ah! gardés-vous de jamais disparoître.

ZÉLINDOR, *aux genoux de* ZIRPHÉ.

Vous savés nos destins, hâtés-vous, prononcés....

ZIRPHÉ.

Non, vous n'exigés pas assés
Pour le prix du plaisir qu'on trouve à vous connoître!

ZÉLINDOR.

L'empire de mon cœur pourra vous contenter?

ZIRPHÉ.

Quand on charme l'amant qui sait nous enchanter,
A d'autres yeux que sert-il d'être belle?
Je n'aurai rien à regretter,
Si vous m'êtes toûjours fidele.

ZÉLINDOR.

Elle aime! Amour, je sens le plus heureux transport!

Zirphé,

Zirphé, fortés d'erreur, & connoiſſés ma flâme :
C'étoit pour éprouver votre âme
Que je vous annonçois un vain arrêt du ſort.

Oui, vous plairés toûjours, tout vous rendra les armes;
Mille cœurs vous ſeront offerts :
Hé ! quel pouvoir dans l'univers,
Borneroit celui de vos charmes ?

ENSEMBLE.

Ah ! combien vous m'aimerés,
Si mon cœur vous ſert de modele !
Qu'avec plaiſir vous formerés
Les nœuds d'une chaîne éternelle !

ZÉLINDOR.

Embelliſſés ce fortuné ſéjour;
Peuples des éléments, venés ici vous rendre ;
Voyés unir, par les mains de l'Amour,
Le plus charmant objet & l'amant le plus tendre.

SCÈNE IV.

(*Le théâtre change, & représente le palais du roi des silphes.*)

ZIRPHÉ, ZÉLINDOR, ZULIM;
GÉNIES ÉLÉMENTAIRES,

SILPHES, GNOMES, ONDINS,
SALAMANDRES.

(*Les génies élémentaires forment un divertissement.*)

ZÉLINDOR.

QUe dans les airs vos chants harmonïeux,
Que le feu, que la terre & l'onde,
Que tout rende hommage à des yeux
Le charme & la gloire du monde.

CHŒUR.

Que dans les airs nos chants harmonïeux,
Que le feu que la terre & l'onde,
Que tout rende hommage à des yeux
Le charme & la gloire du monde.

(*On danse.*)

TROISIEME ENTRÉE.

UNE *SILPHIDE, à* ZIRPHÉ.

Quel amant ſous vos loix s'engage !
Que de fleurs vont former vos fers !
L'enchanteur qui vous rend hommage
Vous éleve au trône des airs.
Quels plaiſirs vous ſont offerts !
Que votre empire
Doit vous charmer !
On n'y reſpire
Que pour aimer.

(*On danſe.*)

CHŒUR DE *SILPHIDES.*

Vos deſtins changent leurs cours ;
Vous ceſſés d'être mortelle,
Pour n'avoir que de beaux jours,
Et pour être toûjours belle.

LA *SILPHIDE.*

Ah ! ah ! quel bien eſt plus doux ?
Ah ! qu'il eſt digne de vous !
Que votre empire
Doit vous charmer !
On n'y reſpire
Que pour aimer.

LE CHŒUR.

Ah! ah! quel bien eſt plus doux!
Ah! qu'il eſt digne de vous!

LA SILPHIDE.

Que votre empire
Doit vous charmer!

LE CHŒUR.

On n'y reſpire
Que pour aimer.

(*Une fête génerale termine le ſpectacle*).

FIN DU DERNIER ACTE.

APPROBATION.

J'Ai lu, par ordre de Monſeigneur le Chancelier, les *Mélanges liriques*, Ballet-héroïque, compôſé de l'Acte d'*Iſmene* & de celui de *Zélindor* roi des Silphes; & je crois qu'on peut en permettre l'impreſſion.

A Paris ce premier Mai 1773.

MARIN.

www.ingramcontent.com/pod-product-compliance
Lightning Source LLC
LaVergne TN
LVHW021642170726
843501LV00007B/2381
* 9 7 8 2 3 2 9 6 4 6 3 2 9 *